AF358120

Vente du Lundi 29 Janvier 1872

INTÉRESSANTE COLLECTION

D'OBJETS D'ART

ET DE

CURIOSITÉ

Des XVIᵉ, XVIIᵉ et XVIIIᵉ siècle

ARRIVANT DE L'ÉTRANGER

EXPOSITION PUBLIQUE : le Dimanche 28 Janvier 1872

Mᵉ CHARLES OUDART	M. ÉMILE BARRE
COMMISSAIRE-PRISEUR	EXPERT
rue Le Peletier, 31.	rue de la Chaussée-d'Antin, 20.

PARIS — 1872

RENOU ET MAULDE

IMPRIMEURS DE LA COMPAGNIE DES COMMISSAIRES-PRISEURS

Rue de Rivoli, 144

CATALOGUE

D'une intéressante Collection

D'OBJETS D'ART

ET DE

CURIOSITÉ

Bronzes, Statuettes, Pendules, Candélabres, Flambeaux
Marbres, Armes
Objets en fer, Émaux de Limoges, Ivoires

OBJETS D'ORFÉVRERIE ANCIENNE

Boîtes, Tabatières, Montres
Bijoux divers, Miniatures, Très-beaux Éventails, Manuscrits
Objets en cristal de roche et autres, Étoffes de soie
Broderies, Tapisseries

LE TOUT ARRIVANT DE L'ÉTRANGER

DONT LA VENTE AURA LIEU

HOTEL DROUOT, SALLE N° 3

Le Lundi 29 Janvier 1872

Par le ministère de M⁰ **CHARLES OUDART**, Commissaire-Priseur,
rue Le Peletier, 31,
Assisté de **M. ÉMILE BARRE**, Expert, rue de la Chaussée-d'Antin, 20.

EXPOSITION PUBLIQUE : LE DIMANCHE 28 JANVIER 1872

PARIS — 1872

CONDITIONS DE LA VENTE

Elle aura lieu expressément au comptant.

Les Adjudicataires paieront, en sus des adjudications, CINQ POUR CENT, applicables aux frais.

DÉSIGNATION

ORFÉVRERIE

1 — Très-belle Soupière en argent, avec double fond, époque Louis XVI, pesant 3 kil. 110 grammes.

2 — Très-beau Vase en argent, époque Louis XIII, avec riche entourage en filigrane d'argent, pesant 845 grammes.

3 — Beau Gobelet, du xvi⁰ siècle, en argent repoussé et doré, avec couvercle surmonté d'une figurine.

4 — Belle Plaque en argent repoussé, représentant l'Adoration des Bergers, travail de la fin du xvi⁰ siècle.

5 — Porte-Huilier, formant ménagère, en argent, époque Louis XV.

6 — Statuette en argent repoussé, du xvi⁰ siècle, représentant le Christ aux liens, sur socle en matière orientale.

7 — Autre Statuette, de même époque, en argent repoussé, représentant Bacchus, sur socle en porphyre oriental.

8 — Médaille en argent, représentant, d'un côté, l'empereur Constantin à cheval, et, de l'autre, un Sujet allégorique.

9 — Petit Sucrier en argent, époque Louis XVI.

10 — Boîte à thé en argent, époque Louis XVI.

11 — Deux Salières en argent, époque Louis XVI.

12 — Deux autres Salières en argent, époque Louis XVI.

13 — Deux autres Salières en argent, époque Louis XVI, à médaillons et guirlandes de fleurs.

BOITES, BIJOUX, MONTRES, MINIATURES

14 — Très-belle Boîte en or émaillé, époque Louis XVI, à fond bleu, avec bordure de fleurs et médaillon formé par une miniature de *Blarenberghe*.

15 — Boîte Louis XVI, à cage, en pierres orientales, avec médaillon en émail grisaille.

16 — Petite Boîte en cristal de roche gravé, montée en or.

17 — Boîte en écaille, montée en or, avec miniature, représentant un portrait de Mme Favart, par *Vestier*.

18 — Autre Boîte en écaille et or, avec miniature de fleurs, par *Van Spandonk*.

19 — Boîte en argent et or, ornée de médaillons ciselés en plein, représentant des Sujets de chasse.

20 — Très-jolie Boîte en vernis Martin, à fond d'or, avec sujet, d'après *Lancret*.

21 — Boîte en écaille, montée en or, avec mosaïque du XVIe siècle.

22 — Petite Boîte-Cassolette en jaspe sanguin, montée
en or et *ornée de brillants,* époque Louis XV.

23 — Petite Boîte en agate orientale, avec monture en
or finement ciselé, époque Louis XVI.

24 — Petit Bijou du xvie siècle en or émaillé, orné de
rubis et *perles fines.*

25 — Autre Bijou, pendentif, formé par un perroquet,
même époque.

26 — Camée antique, en haut-relief, représentant un
Homme tenant un masque, avec monture en or.

27 — Autre Camée, de la Renaissance, en onyx oriental,
avec monture en or émaillé.

28 — Très-jolie Montre Louis XV en or, avec médaillon à
l'intérieur émaillé en plein : Sujet mythologique

29 — Autre Montre à répétition en or repoussé, avec
double boîtier, époque Louis XV.

30 — Très-jolie petite Montre en or émaillé, époque
Louis XVI, avec médaillon représentant un
sujet allégorique.

31 — Petite Montre en or émaillé, époque Louis XIV,
avec médaillon de figures.

32 — Très-jolie Montre en agate taillée, monture en
or. époque Louis XV.

33 — Très-jolie petite Châtelaine, époque Louis XVI, en
cuivre doré, ornée d'un médaillon en émail.

34 — Charmant petit Nécessaire en nacre, avec garni-
ture en vermeil.

35 — Très-joli petit Étui en vieux laque de Chine, décor
en relief.

36 — Très-joli petit Étui Louis XVI en ivoire repercé à
jour, orné de médaillons de figures.

37 — Médaillon en nacre, avec armoiries, représentant
Charles-Quint et Philippe II.

38 — Petite Coquille en or émaillé, du xvie siècle, formant cassolette et ornée de quatre fleurs de lis.

39 — Petit Médaillon en vernis Martin, d'après *Boucher*,
dans sa bordure en argent doré et gravé.

40 — Portrait de *Mme de Parabère*, miniature, par
Nattier.

41 — Scène d'intérieur, miniature, par *Baudoin*.

42 — Portrait du grand Dauphin, miniature, par *Hall*.

43 — Petit Portrait de femme, époque Louis XVI, miniature, par *Hall*, avec cadre en argent doré.

44 — Miniature : Sujet de personnages, par *Blarenberghe*.

45 — Très-jolie petite Miniature, époque Louis XVI, représentant une Dame en costume oriental, dans
sa bordure en or, argent et strass.

46 — Très-jolie Miniature sur vélin, représentant un
portrait de Dame, époque Louis XIV.

47 — Portrait de Seigneur, en costume noir et collerette.
Pendant du précédent.

48 — Coupe en cristal de roche, avec monture en or
émaillé.

49 — Petite Coupe en jaspe, avec monture du xvie siècle,
en or émaillé.

50 — Très-jolie petite Coupe en agate, avec monture en
argent doré et émaillé, ornée de grenats, époque
Louis XIII, dans son écrin du temps.

51 — Petit Vase en agate orientale, avec son ancienne
monture en argent doré.

PORCELAINES DE SÈVRES ET DE SAXE

52 — Petit Cabaret en vieux *Sèvres*, pâte tendre, composé de quatre pièces et d'un plateau, ancien décor d'oiseaux et de fleurs, sur fond bleu d'empois.

53 — Tasse et sa Soucoupe en vieux *Sèvres*, pâte tendre, ancien décor de médaillons de figures, d'après Boucher, sur fond vert.

54 — Deux petites Caisses à fleurs en vieux *Sèvres*, pâte tendre, ancien. décor de fleurs en camaïeu bleu, sur fond blanc.

55 — Très-joli petit Plateau carré en vieux *Sèvres*, pâte tendre, ancien décor de paysages et d'oiseaux en camaïeu rose, sur fond blanc.

56 — Petit Pot à lait en vieux *Sèvres*, pâte tendre, ancien décor à œil de perdrix, avec médaillons de paysages et d'attributs de jardinage.

57 — Bol, même fabrication et même décor.

58 — Tasse et sa soucoupe en vieux *Sèvres*, pâte tendre. à fond blanc, avec ancien décor de fleurs et reliefs en imitation du style chinois.

59 — Petite Tasse, à deux anses, en vieux *Sèvres*, pâte tendre, ancien décor de bouquets de fleurs.

60 — Petite Coupe en vieux *Sèvres*, pâte tendre, ancien décor dit Dubarry.

61 — Tasse en vieux *Sèvres*, pâte tendre, ancien décor camaïeu rose.

62 — Plateau en ancienne porcelaine de *Saxe*, supportant cinq petites pièces également en porcelaine de Saxe.

63, 64, 65, 66, 67, 68 — Groupes et Figures en ancienne porcelaine de Saxe.

MANUSCRITS

69 — Manuscrit gothique, orné de 14 grandes miniatures et d'une quantité d'autres plus petites, avec riche reliure du XVIe siècle.

70 — Petit Manuscrit gothique, avec sa reliure, illustré de 57 miniatures.

ÉMAUX DE LIMOGES ET AUTRES

71 — Plaque cintrée en émail de Limoges, par *Léonard Limousin*, représentant la Flagellation du Christ.

72 — Petit Portrait de dame, en costume de l'époque de Louis XIII, en émail, par *Jean Limousin*.

73 — Petite Plaque cintrée, représentant la Cène, par *Martin Didier*.

74 — Très-belle Chasse en *émail de Cologne*, ornée d'armoiries et d'écussons fleurdelisés, avec figures gravées et en relief.

75 — Très-belle Plaque gothique en émail, représentant
l'Annonciation.

76 — Autre Plaque en *émail de Limoges*, représentant la
Mise au tombeau.

BRONZES, MARBRES

77 — Pendule Louis XVI en marbre blanc et bronze
doré : Sujet allégorique.

78 — Deux Candélabres, à cinq lumières, même époque.

79 — Très-beau Groupe en bronze, de la Renaissance,
représentant *Hercule étouffant Antée.*

80 — Autre Groupe, de même époque : *Hercule emportant
le sanglier d'Erimanthe.*

81 — Autre Groupe : *David tenant la tête de Goliath.*

82 — Autre Groupe, époque Louis XVI, de cinq figures,
représentant des *Amours jouant à Colin-Mail-
lard.*

83 — Statuette, de la fin de la Renaissance, représentant
Minerve, sur socle en porphyre oriental.

84 — Petite Statuette, équestre de *Marc-Aurèle,* bronze
italien de la Renaissance.

85 — Petite Tête *d'enfant* en bronze, par *François Fla-
mand.*

86 — Médaillon en bronze, de la Renaissance : *Portrait
du roi Henri II.*

87 — Statuette d'enfant en bronze, même époque.

88 — Deux jolis petits Flambeaux Louis XVI, supportés par trois pieds formés par des figures de femmes.

IVOIRES, BOIS SCULPTÉS

89 — Bas-Relief en ivoire, travail du XVIᵉ siècle, représentant *Prométhée dévoré par le vautour*.

90 — Groupe en ivoire, époque Louis XIII : *Sainte Famille*.

91 — Autre Groupe en ivoire, même époque : *Vierge et Enfant Jésus*.

92 — Cippe en ivoire, sujet allégorique, travail de la fin du XVIᵉ siècle.

93 — Petite Plaque en ivoire, du XVIᵉ siècle : *Sujet tiré de la vie du Christ*.

94 — Petit Diptyque en ivoire, du commencement du XVIᵉ siècle, avec monture en argent.

95 — Petite Statuette, époque Louis XIII, en ivoire, représentant *l'Amour*.

96 — Petit Groupe en ivoire gothique : *Vierge et Enfant Jésus*.

97 — Petite Buire en ivoire, époque Louis XIII, avec monture en argent doré.

98 — Groupe gothique en buis sculpté : *Vierge et Enfant Jésus*.

99 — Statuette en buis sculpté, travail du xvi⁰ siécle, représentant *saint Jean*.

100 — Fourreau en poirier sculpté, orné de médaillon de figures, du commencement du xvi⁰ siècle.

101 — Autre Fourreau en poirier sculpté, orné de médaillon de figures, du commencement du xvi⁰ siècle.

102 à 106 — Cinq Statuettes en poirier sculpté, du xvi⁰ siècle et de l'époque de Louis XIII.

ÉVENTAILS

107 — Très-bel Éventail Louis XV, avec miniature représentant *les Amusements champêtres, d'après Boucher*, avec riche monture à personnages, en nacre rehaussée d'or.

108 — Autre très-bel Éventail, avec riche monture en nacre, à personnages, et dessin à la plume *de Berghem*, entouré d'une guirlande de fleurs et d'oiseaux.

ARMES, OBJETS EN FER

109 — Lame de poignard en fer, damasquinée d'or, *pièce antique trouvée dans le dessèchement du lac de Harlem.*

110 — Très-belle Épée, du xvie siècle, en fer, damasquinée en argent.

111 — Épée de justice, avec pommeau en fer, damasquinée d'argent.

112 — Épée en fer, avec poignée formée par une tête d'oiseau, également damasquinée d'argent.

113 — Épée en fer, avec garde ornée de *deux Dauphins aux armes de France, avec fleurs de lis.*

114 — Hallebarde du xvie siècle, avec armoiries, damasquinée d'argent.

115 — Espadon en fer gravé, du xvie siècle.

116 — Autre Espadon en bronze, du xvie siècle, orné de figures.

117 — Très-jolie Clef en fer forgé, du xvie siècle.

118 — Fourchette, avec manche en fer, à jour, du xvie siècle.

119 — Petit Drageoir, époque Louis XIII, en fer, damasquiné d'argent.

ÉTOFFES BRODÉES, SOIERIES, TAPISSERIES

120-121 — Sous ces numéros, les Objets omis au Catalogue.

RENOU et MAULDE, imprimeurs de la Compagnie des Commissaires-Priseurs, rue de Rivoli, 144.   16718